LA VOIX

D'UN IRRÉCONCILIABLE

AVEC

LES IRRÉCONCILIABLES

PAR

LÉON ROLLAND

Qui habet aures audiendi audiat.

—

L'expérience sera-t-elle donc toujours une lampe
qui n'éclairera qu'en arrière ?

PARIS.

IMPRIMERIE DE PHILIPPE CORDIER,
RUE DU FAUBOURG SAINT-DENIS, 49.

—

1869.

1

Caveant consules!

Or, il advint qu'au milieu d'une paix profonde et en dépit des sanglantes leçons du passé, des énergumènes se répandirent parmi le peuple, l'excitant à la révolte par la publication d'infâmes écrits dans lesquels, non contents d'insulter le Souverain et ses ministres, ils prodiguaient bassement et brutalement les plus lâches insultes à une femme et à un enfant.

Et le peuple, le vrai peuple, celui qui travaille et qui fait la force d'un pays, se disait : Suis-je donc tombé si bas que des insulteurs éhontés osent me flatter et pensent me séduire par de semblables ignominies !

Or, je vous le dis, en vérité, le peuple qui, à trois reprises différentes, a acclamé le gouvernement de

son choix, ne mérite ni cette honte, ni cette in-
sulte.

Et cependant, les calomniateurs, les diffamateurs
et les insulteurs, à l'abri de l'impunité, s'en don-
naient à cœur joie, espérant entraîner après eux ceux
que le scandale attire et qui oublient cette parole :
Væ per quem advenit scandalum !

En ce temps-là, des élections eurent lieu dans la
grande cité, et les turbulents se mirent à l'œuvre de
nouveau, criant et vociférant à l'envi.

Mais une voix se fit entendre. La voix disait au
peuple :

Nul ne méconnaît tes droits imprescriptibles,
mais, parallèlement à tes droits dont tu as le libre
exercice, tu as des obligations à remplir; ces obligations sont dans l'ordre social ce qu'elles sont dans
la famille : le respect à l'autorité, l'obéissance aux
lois et l'amour de la patrie.

Et toujours les harangueurs de carrefours ameu-
taient le peuple, lui parlant de ses droits et jamais
de ses devoirs. Les tribuns, fous furieux, poussaient
aux abîmes ceux dont ils prétendaient être les défen-
seurs et les amis.

II

Ab uno disce omnes.

Or, *ab uno disce omnes,* car le fond est toujours le même, la phraséologie est invariable. C'est toujours la mise en bas de ce qui est en haut et la mise en haut de ce qui est en bas, procédés uniformes qui ont coûté tant de sang et porté tant de coups à la liberté.

« En vérité, en vérité, je vous le dis, frères, s'écriait l'un d'eux, si le gouvernement impérial a amélioré le sort du peuple, c'est pour mieux l'asservir. S'il a prêté les mains à tous les progrès matériels et à l'exhaussement du niveau de l'intelligence, c'est pour vous mieux tenir sous sa domination. »

Et le peuple écoutait, ne comprenant guère ce que le tribun voulait dire, quand celui-ci ajouta :

« Voici l'heure des délibérations électorales; le moment est venu de renverser l'ordre de choses que tu as établi, toi, peuple souverain, à trois reprises différentes, par cinq millions cinq cent mille, — sept millions cinq cent mille, — sept millions huit cent mille suffrages.

» Pour donner un démenti à ces vingt millions

huit cent mille voix, tu dois me confier ton mandat au Corps législatif, car écoute, voici ta loi et tes prophètes.

» Il est écrit qu'un peuple intelligent ne peut rester longtemps fidèle à ses convictions et qu'il n'est tenu à aucune reconnaissance envers ceux qui, après l'avoir sauvé, ont mis tous leurs soins à perfectionner l'instrument de travail et à soulager les misères.

Peuple, si le gouvernement impérial que tu as acclamé a propagé dans toute la France les sociétés de secours mutuels dont tu recueilles les bienfaits, prouve-lui ta reconnaissance en donnant ta voix à ceux qui veulent le combattre.

» Si le gouvernement impérial a créé des caisses de retraite pour la vieillesse, de dotation pour l'armée et d'assurance contre les risques du travail, prouve-lui ta reconnaissance en envoyant à la Chambre ceux qui, le pouvoir en main, n'ont rien su créer de durable.

» Peuple, si la sollicitude du gouvernement impérial s'étend aux questions agricoles, manufacturières, commerciales et industrielles, prouve-lui ta reconnaissance en investissant du mandat de représentant ceux qui ne tarderaient pas à porter la ruine dans les campagnes et dans les villes.

» Si le gouvernement impérial protège les arts et les lettres, s'il provoque l'admiration du monde entier par les chefs-d'œuvre que notre époque voit éclore, prouve-lui ta reconnaissance en choisissant pour te représenter ceux en qui le sentiment du noble et du beau sera toujours lettre morte.

» Peuple, si, à l'abri d'un gouvernement tuté-laire, la famille est devenue chose sainte et la pro-priété chose inviolable, prouve-lui ta reconnaissance en élisant ceux pour qui le mariage est une prostitu-tion et la propriété un vol.

» Si le gouvernement impérial a fondé des sociétés maternelles pour tes épouses et des orphelinats pour tes enfants, prouve-lui ta reconnaissance, peuple, en votant pour ceux dont le froid égoïsme ne saurait rien comprendre à la charité et au dévouement

» Peuple, si, aux jours de nos grandes calamités, aux jours des grandes épidémies, tes souverains visi-tent ta chaumière et portent des consolations à ton chevet, prouve-leur ta reconnaissance en nommant ceux qui leur sont hostiles systématiquement, sans les connaître.

« Et, si tu fais cela, tu auras bien mérité de la ré-volution; tu auras mis en bas ce qui est en haut et en haut ce qui est en bas. »

Or, le tribun cachait toutes ces perfidies sous les grands mots de liberté reconquise, d'indépendance nationale, d'affranchissement de toute servitude et de libéralisme radical.

Et, après avoir écouté, le peuple s'en allait, se-couant la tête et disant :

« Où veut-on nous mener avec tous ces mots vides

de sens? Si la réalisation de notre bien-être est si facile, qu'ont donc fait les hommes de 1848? »

Mais, en vérité, je vous le dis, le peuple, le vrai peuple sait bien que la liberté n'est durable qu'à la condition de grandir normalement, pacifiquement, et que pour la conquérir il ne faut point faire œuvre de vengeance, mais de justice.

III

Latet anguis in herbâ.

Et il arriva qu'aux jours fixés par l'édit impérial, les électeurs des provinces et de la grande cité coururent aux urnes.

Les électeurs des provinces, moins surexcités par les déclamations démagogiques, choisirent généralement des hommes d'ordre et de sage progrès.

Mais la grande cité, agitée, tourmentée par les passions mauvaises, fixa ses votes sur des hommes dont les noms signifiaient : bouleversement, renversement.

Et cependant la victoire des démolisseurs de l'ordre social ne leur parut pas complète. L'urne électorale dut s'ouvrir de nouveau.

C'est alors qu'une voix se fit entendre. La voix disait :

« Peuple, ceux qui, sous le masque de l'opposition radicale, viennent à toi et sollicitent tes suffrages, t'ont menti.

» La lutte qu'ils prétendent engager entre la république et la monarchie n'est qu'une chimère. La véritable lutte est entre la vérité et le mensonge, le bien et le mal, Malthus et la doctrine chrétienne.

» Peuple, chaque jour résonnent à tes oreilles les mots de communisme et de socialisme; or, écoute, réfléchis et comprends.

» Le communisme, te diront quelques fous, n'est qu'une exagération du christianisme. Eh bien, je te le dis en vérité : Le communisme avec son phalanstère, c'est la négation de la famille, la suppression de l'une des plus nobles facultés de l'homme, l'amour honnête et libre; c'est le retour au système platonique, le mari devenant simple étalon, l'épouse abaissée au rôle de femelle et la mère au rôle unique de nourrice pour des enfants qui ne sont plus que des petits.

Le socialisme, doctrine immorale, si son application était obligatoire et n'entraînait avec elle aucune garantie, n'est pas aussi radical que le communisme qui t'enlèverait tout. Le socialisme consent à te rétribuer selon ton enjeu et selon ton travail. Mais, disent les fortes têtes du parti, ce n'est qu'un élan vers le communisme, et encore cette déclaration brutale ne leur est-elle arrachée que par cette raison qu'un gouvernement honnête et fort ne repousse point les associations, tant s'en faut; il les protège, au contraire, car il sait que l'union du capital et du travail et une juste pondération entre ces deux éléments de la fortune publique sont des gages de paix et de liberté.

IV

Sine quá non.

Et la voix continua ainsi :

« Deux droits imprescriptibles dominent le monde, deux grands droits : celui de Dieu et celui du peuple. Qui méconnaît le premier méconnaît le dernier. Et je te le dis, en vérité, je te le dis, peuple qui m'écoutes : tout homme qui osera nier ou discuter le droit de Dieu sera tôt ou tard ton tyran. L'expérience a été faite : criminels ou fous seraient ceux qui tenteraient de la recommencer.

» Et devant cet abîme dans lequel voudraient te plonger encore ceux dont l'unique souci est de flatter tes passions, en surexcitant les instincts mauvais que tout homme porte en soi, je te le dis en vérité, aveugles ou coupables sont ceux qui restent hommes de parti ou de cabale ; ils ne s'attaquent pas seulement à un gouvernement proclamé par des millions d'hommes, mais ils commettent un crime de lèse-nation. Ils te trompent, peuple, et te poussent dans cette voie où la seule raison qu'on puisse faire entendre est le *quos ego...* »

La voix avait parlé... Il se fit un grand silence.

La voix reprit :

« Peuple, pour la dernière fois, je t'adjure, au nom de l'amour de la patrie, au nom de la concorde et de l'union qui font les nations grandes et fortes, je t'adjure de résister aux conseils pervers de ceux qui méditent ta ruine.

» Pour la dernière fois, je te le dis en vérité : En dehors du grand principe d'autorité, principe immuable, quoi qu'on en puisse dire, il n'est que trouble et perturbation. Un noble et beau pays comme la France a besoin que son gouvernement soit fort et respecté : il ne peut l'être que lorsque, après avoir monté son chef sur le pavois, tous les bons citoyens se groupent autour de lui pour lui faire un rempart de leur corps. Peuple, c'est à ce prix, à ce prix seulement que les jours mauvais resteront à l'état de souvenir, que la liberté se développera graduellement et sans secousses, que le commerce national florira et que les grands principes de 1789 recevront une application profitable à la nation tout entière... »

Et la voix se perdit dans l'immensité, criant au peuple :

« Sois fidèle à ton Dieu, à ta patrie, à ton souverain. »

V

Abyssus abyssum invocat...

Or, cette voix était celle qui jadis adjurait nos pères de se grouper et de faire tête aux passions révolutionnaires, — celle qui prédisait l'asservissement du peuple après l'assassinat de la royauté, — celle qui annonçait les fusillades, les noyades et l'érection des échafauds, — celle qui prophétisait les malheurs des individus, les malheurs de la famille, les malheurs de la patrie, celle enfin qui, pour n'avoir point été écoutée, a plongé dans le désordre, dans l'anarchie, dans la ruine et dans le sang cette société française si justement fière de marcher à la tête des sociétés civilisées.

Cette voix redit à cette heure que les mêmes causes produiront les mêmes effets : la voix a raison ; que les honnêtes gens, que les gens de bien s'unissent donc pour le salut commun, et qu'au lieu de trembler, — ils agissent.